نو رتن کہانیاں

حصہ : ۴

(بچوں کی کہانیاں)

شمیم احمد

© Taemeer Publications LLC

Nau Ratan KahaniyaaN : Part-4

by: Shamim Ahmad

Edition: October '2024

Publisher :

Taemeer Publications LLC (Michigan, USA / Hyderabad, India)

ISBN 978-93-5872-712-8

کتاب	:	نور تن کہانیاں: حصہ – ۴
مصنف	:	شمیم احمد
صنف	:	ادب اطفال
ناشر	:	تعمیر پبلی کیشنز (حیدرآباد، انڈیا)
سالِ اشاعت	:	۲۰۲۴ء
صفحات	:	۳۲
سرورق ڈیزائن	:	تعمیر ویب ڈیزائن

فہرست : نورتن کہانیاں: حصہ – ۴

نورتن کا تعارف

"نورتن" اُردو کے قدیم ادب کی ایک مشہور تصنیف ہے۔ اس میں مختصر داستانیں شامل ہیں۔ محمد بخش مہجور نے یہ کتاب اب سے کوئی پونے دو سو برس پہلے لکھی تھی۔ مہجور کے والد کا نام حکیم خیر اللہ تھا، جو رہنے والے تو کتھے فتح پور ہسوا کے مگر بعد میں وہ لکھنؤ چلے آئے تھے اور وہیں مستقل طور پر رہ پڑے۔ لکھنؤ ہی میں محمد بخش مہجور پیدا ہوئے اور وہیں ان کی تعلیم و تربیت ہوئی۔ والد کی طرح خود بھی طبابت کا پیشہ اختیار کیا۔ جوانی ہی میں شاعری کرنے لگے تھے۔ پہلے شیخ قلندر بخش جرأت اور بعد میں مرزا خانی نوازش کے شاگرد ہوئے۔ مہجور لکھنؤ میں نفی گنج میں رہتے تھے۔ حج کے لیے خانۂ کعبہ گئے اور مدینہ منوّرہ میں انتقال کیا۔

ہمارے ادب میں "نورتن" کی اہمیت کا اندازہ اس بات سے لگایا جا سکتا ہے کہ 1857 تک لکھنوی نثر کے سرمائے میں صرف تین کتابیں ہی اہم سمجھی جاتی تھیں۔ ایک تو یہی "نورتن" اور دوسری دو "فسانۂ عجائب" اور "بستانِ حکمت"۔

"نورتن" اور "فسانۂ عجائب" کی ہمارے قدیم ادب میں اِس وجہ سے بھی بڑی اہمیت ہے کہ یہ دونوں کتابیں عموماً مطبع زاد سمجھی جاتی ہیں۔ طبع زاد سے مُراد یہ ہے کہ ان کے قصّے کسی اور زبان سے ترجمہ نہیں کیے گئے۔ یہ ضرور ہے کہ ان میں شامل بعض

حکایات مختلف جگہوں سے لی گئی ہیں۔ بعض ایسی ہیں جو بہت ہی قدیم زمانے سے سینہ بہ سینہ چلی آرہی ہیں، اور بہت مشہور ہیں۔ تاہم ان کی اکثر حکایات ان کے مصنفین کی طبع زاد لکھی ہوئی ہیں؛ 'فسانۂ عجائب' کی حکایات تو ایک ہی مرکزی قصے سے تعلق رکھتی ہیں جبکہ 'نور تن' کی تمام کہانیاں الگ الگ اور آزاد ہیں۔ اور ان کی ایک بڑی خوبی ان کا مختصر ہونا ہے۔ اس لحاظ سے دیکھا جائے تو 'نور تن' ہمارے ادب کی تاریخ میں بڑی اہمیت رکھتی ہے۔ دوسری بات یہ کہ 'نور تن'، 'فسانۂ عجائب' سے دس سال پہلے لکھی گئی۔

کتاب کا نام 'نور تن' رکھنے کی وجہ یہ ہے کہ مصنف نے اس کتاب میں نو باب قائم کیے ہیں اور ہر باب میں مختلف کہانیاں جمع کر دی گئی ہیں۔ یہ انتخاب چونکہ خاص بچوں کے لیے تیار کیا گیا ہے، اس لیے اس میں وہ باب شامل نہیں کیے گئے جو بچوں کے لیے نہ دلچسپ تھے اور نہ ہی مناسب۔ ہم نے اس مجموعے میں صرف اُن کہانیوں کو شامل کیا ہے جو 'نور تن' میں تیسرے، پانچویں، چھٹے، ساتویں، آٹھویں اور نویں باب میں شامل ہیں۔ کہانیوں کی اہمیت اور دلچسپی کو ذہن میں رکھتے ہوئے ابواب اور ان کی کہانیوں کی ترتیب بھی بدل دی گئی ہے۔

'نور تن' کی زبان قدیم لکھنوی زبان ہے، اور کافی اُلجھی ہوئی اور مشکل۔ ہم نے چونکہ اس کے قصوں کو بچوں کے لیے ترتیب دیا ہے، اس لیے ان کی زبان بالکل تبدیل کر دی گئی ہے۔ کوشش کی گئی ہے کہ یہ ساری کہانیاں ایسی سہل اور عام فہم زبان میں بیان کی جائیں کہ اُنھیں بچے بہ خوبی پڑھ اور سمجھ سکیں کے علاوہ ان سے پوری طرح لطف اندوز بھی ہو سکیں۔ ان کہانیوں کو آسان زبان میں پھر سے لکھتے وقت یہ کوشش کی گئی ہے کہ زبان مصنف کے انداز بیان سے ملتی ہوئی رہے۔ اس لیے ہو سکتا ہے کہ بعض لفظ آپ کے لیے مشکل ہوں، لیکن اگر ان کا مطلب بھی معلوم نہ ہو تو

بھی کہانی کے لطف میں کمی نہیں آتی اور بات بہرحال سمجھ میں آجاتی ہے۔ ان کہانیوں میں سے اکثر کہانیاں سبق آموز یا سبق سکھانے والی ہیں، لیکن اس کے باوجود مجبور کی قدم قدم پر یہ کوشش رہی ہے کہ قصہ قصے کی حیثیت سے بھی زیادہ سے زیادہ دلچسپ رہے۔ اُس زمانے کی داستان گوئی کی عام روِش کے لحاظ سے یہ بہت بڑی بات تھی۔

،،نورتن،، میں شامل بیشتر کہانیاں مصنف کی طبع زاد ہیں۔ لیکن کچھ ایسی بھی ہیں جو دوسرے ذریعوں سے مصنف تک پہنچیں۔ مثلاً اس انتخاب میں ایک کہانی اُن دو عورتوں پر مشتمل ہے جو ایک بچے کے لیے جھگڑا کرتی ہیں اور حضرت علیؓ ان کا جھگڑا چکاتے ہیں۔ اسی طرح کا فیصلہ حضرت سلیمان علیہ السلام اور مہاتما گوتم بدھ کے ناموں سے بھی مشہور ہے۔ ایک اور کہانی میں روئی کے چور اپنی داڑھیوں کی وجہ سے پکڑے گئے۔ یہ بیربل کا ایک مشہور لطیفہ ہے۔ اس میں ایک کہانی گوشت کی شرط والی ایسی ہے جو انگریزی زبان کے ڈرامہ نگار شیکسپیر کے مشہور ڈرامے وینس کا سوداگر (Merchant of Venice) میں بھی بیان ہوئی ہے۔ اس سے اندازہ ہوتا ہے کہ یہ قصہ مشرق و مغرب میں یکساں طور پر مشہور رہا ہے۔ اس طرح کی چند مثالوں کے سوا اکثر کہانیاں مجبور کی طبع زاد ہیں اور نہایت پُرلطف اور دلچسپ ہیں، جنھیں پڑھ کر اندازہ ہوتا ہے کہ ہمارے داستانوی ادب میں مجبور کس قدر اہم فسانہ گو تھا ۔۔۔۔۔ لیجیے! اب ان دلچسپ کہانیوں کو اپنے ہی زمانے کی زبان میں پڑھ کر آپ بھی لطف اٹھائیے۔

شمیم احمد

نور تن کہانیاں

(چوتھا حصہ)

ظریفوں کی کہانیاں

ایک ٹانگ کا مُرغ

ایک مرتبہ کا ذکر ہے کر کسی رئیس نے اپنے نوکر سے مُرغ کا سالن پکوایا۔ جس وقت کہ وہ خوش ذائقہ سالن پک کر تیار ہو گیا تو اُس کی بُو باس سے نوکر بے قابو ہو گیا، اور یہ حرکت کی کہ اُس بُھنے ہوئے مُرغ کی ایک ران ہنڈیا میں سے نکال کر چٹ کر لی، اور ایک ران معہ سینہ و بازو اپنے آقا کے دسترخوان پر سجا کر پیش کر دی۔ آقا نے جو دسترخوان پر مُرغ کی ایک ہی ران دیکھی تو نوکر سے کہا بشعر

"مری مُعقل اِس سے باپ حیران ہے
کہ اِس مُرغ کی ایک کیوں ران ہے"

نوکر بھی تھا بڑا چلتا پُرزہ۔ مسخرے پن سے بولا۔

"خُدا وند نعمت! اِس نالائق مُرغ کی ایک ہی ٹانگ تھی بشعر
میرا اِس میں ہرگز نہیں ہے قصور
جو تھا گوشت سو آپ کے ہے حضور"

آقا نے جو بے سر پیر کی بات سُنی تو بولا۔

"اے گدھے! کہیں مُرغ کی ایک ٹانگ بھی ہوتی ہے جو تو یہ واہیات بات میرے رو بہ رو کرتا ہے ؟" غرض کہ آقا نے اُسے قائل کرنے کے لیے

بہتیرا سر مارا پر وہ بھی یہی کہتا رہا۔

"خداوندِ نعمت! آپ جتنی چاہیں گالیاں دے لیں، غلام کو ٹونک لیں، پر اس مُرغ کی تھی ایک ہی ٹانگ"

آقا بے چارہ کہاں تک اِس مسخرے سے ٹکرا کر ہار تھک مار کر چپ ہو رہا۔

چند روز کے بعد اتفاق یوں ہوا کہ آقا کوچہ و بازار کی سیر کرتا پھر رہا تھا کہ ایک گلی میں کسی کا مُرغ بازو میں سر ڈالے ایک ٹانگ پر کھڑا تھا۔ اُس مسخرے نوکر نے جو دیکھا تو جھٹ مُرغ کی طرف اشارہ کرتے ہوئے آقا سے کہا۔

"خداوندِ نعمت! اُس دن آپ فرماتے تھے کہ ایک ٹانگ کا مُرغ نہیں ہوتا! دیکھ لیجیے یہ سامنے ایک ٹانگ کا مُرغ کھڑا ہے"

اِس زبان دراز اور مسخرے نوکر کی یہ واہیات بات سُن کر آقا نے تالی بجا کر جو مُرغ کو "ہُش" کیا تو وہ مُرغ دوسری ٹانگ نکال کر کھڑا ہو گیا تب آقا بولا۔

"اے اندھے احمق! لے دیکھ لے اِس مُرغ کی دونوں ٹانگیں ہیں یا نہیں"

نوکر بھی کوئی ایسا ویسا تو تھا نہیں! بڑا چھٹا ہوا تھا۔ بھلا وہ کہاں ہار ماننے اور قائل ہونے والا تھا۔ جھٹ سے بولا۔

"خداوندِ نعمت! یہ تو خوب ترکیب ہے! لیکن حضور! آپ نے اُمس دن سان کی رکابی پر کیوں نہ تالی بجا دی جو بُجھنے ہوئے مُرغ کی دونوں ٹانگیں حاضر ہو جائیں"

نوکر کا یہ لطیفہ سُن کر آقا نے ہنستے ہوئے کہا۔

"سچ ہے بھائی! آج تو جھوٹے نے سچے کو قائل کر دیا۔"

پہلے دن کی دیوانگی

ایک ظالم بادشاہ تھا۔ ایک دن ہرن کا شکار کرنے کے لیے اکیلا جنگل میں نکل گیا۔ وہاں اسے ایک آدمی ملا۔ وہ آدمی خوبصورت تھا اور دیکھنے میں شریف نظر آتا تھا۔ کڑی دُھوپ کی وجہ سے وہ ایک سایہ دار درخت کے نیچے بیٹھا تھا۔ بادشاہ بھی اُسی درخت کے سائے میں آکر کھڑا ہو گیا اور اُس آدمی سے پوچھا۔

''اے عزیز! سچ بتا، اِس مُلک کا بادشاہ اپنی رعایا کا خیرخواہ ہے یا ظالم اور ستم گر؟''

وہ آدمی بولا۔

''اے شہ سوار! کچھ نہ پوچھ، اِس مُلک کا بادشاہ بہت ظالم ہے۔''

یہ دل شکن کلام سن کر وہ غفلت کا شکار بادشاہ کہنے لگا۔

''اے عزیز! تو مجھ کو بھی پہچانتا ہے کہ میں کون شخص ہوں؟''

اُس آدمی نے جواب دیا۔

''میں غم کا مارا کیا جانوں کہ تو کون بلا ہے اور کس قیمت کی مولی ہے بیکار گفتگو سے کیوں میرا سر بھرتا ہے۔''

یہ سن کر کہا اشرہ نے "اے نابکار!
اسی شہر کا میں تو ہوں شہریار
مرا ہفت کشور ہے زیرِ نگیں
مجھے باج دیتا ہے خاقانِ چیں
تجھے اپنے جی کا نہ تھا خوف کیا
جو تو نے مجھے اِس طرح بد کہا"

اُس آدمی نے جو یہ حوصلہ شکن بات سنی تو دل میں بہت ڈرا لیکن دلیری سے بولا۔

"اے بادشاہِ عالی جاہ! تو بھی مجھ کو پہچانتا ہے کہ میں کون ہوں؟"
بادشاہ نے جواب دیا۔

"اے عزیز! میں تجھ کو نہیں جانتا ہوں کہ تو کون ہے"۔
اُس آدمی نے کہا۔

"اے بادشاہِ عالی جاہ! میں ایک سوداگر کا بیٹا ہوں، لیکن ستاروں کی نحوست سے ہر مہینے میں تین دن پوری طرح، بٹری اور وحشی ہو جاتا ہوں، چنانچہ میری دیوانگی کا آج یہ پہلا روز ہے"۔

بادشاہ اُس کی چالاکی پر بے اختیار ہنس پڑا، اُسے تسلّی دی اور کچھ اشرفیاں دے کر اپنے شہر میں آیا —— اور ظلم و ستم ترک کر کے عدل و انصاف سے کام لینے لگا۔

اندھا دولت

کہنے والوں نے کہا ہے کہ تیمور لنگ بادشاہ جب ہندوستان کے تخت پر بیٹھا تو اُس نے نہایت خوش ہو کر کہا۔

"بزرگوں سے میں نے سُنا ہے کہ ہندوستان میں ایک سے ایک بڑھ کر خوش آواز گانے والے ہیں"۔

بادشاہ تیمور لنگ کی یہ بات سُن کر ایک گانے والا حاضر ہوا۔ وہ اندھا تھا، مگر تھا بڑا خوش لہجہ۔ اپنے فن کا کامل اور اُستاد تھا۔ گانا گانے میں وہ ایسا یکتا تھا کہ لگتا تھا کہ اُس کی ہر تان میں تان سین اور اودھو نایک کی رُوح سما گئی ہو۔ تال سُریں وہ اپنا جواب نہ رکھتا تھا۔ ہر دھُن کے راگوں سے وہ خوب واقف تھا۔ اُس کی آواز میں غضب کا جادو بھرا ہوا تھا۔ اُس اندھے گایک نے تیمور لنگ کے حضور ایسا عُمدہ گانا گایا کہ ساری محفل بے خود ہو گئی۔ بقول میر حسن۔

غرض جو کھڑے تھے کھڑے رہ گئے

اڑے جس جگہ سو اڑے رہ گئے

جو پیچھے تھے آگے نہ وہ چل سکے

جو بیٹھے سو بیٹھے نہ وہ ہل سکے

غرض یہ کہ اُس کے گانے سے ساری محفل نے بڑا لطف اُٹھایا۔ تیمور لنگ بادشاہ نے اُس سے پوچھا۔

"گا یک تیرا کیا نام ہے؟"

گا یک نے نہایت ادب سے جواب دیا۔

"حضور! اِس غلامِ ناکام کا نام 'دولت' ہے"

تیمور لنگ بادشاہ نے مسکراتے ہوئے کہا۔

"اچھا! دولت کبھی اندھی ہوتی ہے؟ جو تو نے اپنا نام دولت رکھا ہے؟"

اندھا گا یک تھا بڑا منہ پھٹ، فوراً جواب دیا۔

"قربان جاؤں حضور! اگر دولت اندھی نہ ہوتی، تو ٹوٹے لنگڑوں کے کیوں ہاتھ آتی"

یہ لطیفہ سن کر تیمور لنگ بادشاہ بہت خوش ہوا، اور اندھے دولت کو دولت سے مالا مال کر دیا۔

———

دو کوّے

ایک شخص نے رات میں اپنے نوکر سے کہا۔

"دیکھ ببئی! اگر صبح کے وقت کبھی تجھے دو کوّے برابر برابر بیٹھے ہوئے نظر آئیں تو فوراً مجھے خبر کرنا کیونکہ صبح کے وقت دو کوّوں کا دیکھنا نیک شگون ہے" یہ کہہ کر مالک سو گیا۔ نوکر نے اتفاق سے صبح کو دیوار پر دو کوّے بیٹھے ہوئے دیکھے۔ فوراً بھاگا ہوا اپنے مالک کو خبر کرنے گیا۔ مگر اس سے پہلے کہ مالک آتا ایک کوّا اُڑ گیا' اور ایک اکیلا بیٹھا رہا۔ جب مالک آیا اور اُس نے دیکھا تو ایک ہی کوّا نظر آیا۔ یہ دیکھ کر وہ بہت خفا ہوا اور نوکر سے بولا۔

"لے کوّے! میں نے دو کوّے دیکھنے کو کہا تھا یا ایک منحوس کوّے کو کہا تھا" نوکر بے چارہ خاموش کھڑا سنتا رہا۔ مالک برابر اسے بُرا بھلا کہتا رہا۔

"تو بڑا شریر ہے! اپنی فطرت سے باز نہیں آتا! اب تو کہیں کا۔ مار مار کے تیرے بدن کو لال کر دوں گا۔ چل میرے سامنے سے اُڑ جائیں اور نوکر رکھ لوں گا۔ تجھ میں کیا سُرخاب کا پر لگا ہے' یا تو عنقا لو کہہ۔ میری اگر قسمت بحل ہے تو تجھ جیسے ڈھیر سارے لٹورے' اُٹو کلے بچے میری

خدمت کو آ رہے ہیں ۔ کیا دنیا میں اور نوکر نہیں ملتے ۔ بخدا! اب میں تجھ کو نوکر نہ رکھوں گا"

غرض کہ مالک ابھی بک بک کر رہا تھا کہ اچانک اُس کے کسی دوست کے ہاں سے عمدہ عمدہ کھانوں کا ایک خوان اُس کے لیے آ گیا نوکر نے جو یہ دیکھا، تو وہ بولا۔

"حضور! اب آپ کبھی دو کوّے دیکھنے کا ارادہ نہ کیجیے گا، نہیں تو آپ کی میری جیسی حالت ہو گی ۔ آپ نے ایک کوّا دیکھا تو کھانے کا خوان آیا۔ میں نے دو کوّے ایک ساتھ دیکھے تو اُس کے بدلے گالیاں اور جھڑکیاں کھائیں۔"

———

"اِس میں کیا شک ہے"

ایک مرتبہ کا ذکر ہے کہ کسی شوقین آدمی نے ایک طوطا پالا۔ اُسے بڑی ریاضت اور محنت سے بولنا سکھایا۔ مگر طوطا صرف اِتنا ہی بولنا سیکھ پایا کہ ہر بات کے جواب میں کہتا "اِس میں کیا شک ہے"!

پھر یوں ہوا کہ وہ آدمی ایک بار اِس طوطے کو بازار میں لے کر گیا اور اُس کی قیمت سو روپے مقرر کی۔ اِتفاقاً ایک مغل زادہ اُدھر آ نکلا۔ اُس نے جو اِس طوطے کی قیمت سُنی تو بولا۔

"اے طوطے سچ سچ بتا! کیا تو واقعی سو روپے کے لائق ہے؟"

طوطے نے جھٹ جواب دیا۔

"اِس میں کیا شک ہے"۔

مغل زادے نے جو طوطے کا یہ جواب سُنا تو بہت خوش ہوا اور آگا پیچھا سوچے بغیر سو روپے اُس آدمی کو دے کر طوطے کو اپنے گھر لے آیا۔ جب بھی وہ کوئی بات طوطے سے پوچھتا تو وہ یہی ایک جواب دیتا۔

"اِس میں کیا شک ہے؟"

تھوڑے ہی دِنوں بعد مغل زادے کو احساس ہوا کہ وہ اُلّو بن

گیا۔ آخر ایک دِن اُس نے غُصّے ہو کر کہا۔

"اے بد بخت طوطے! میں نے نہایت حماقت کی جو تجھ مٹھی بھر پر کو
سو روپے میں خریدا"

"اس میں کیا ٹھیک ہے؟" طوطے نے فوراً جواب دیا۔

یہ جواب سُن کر مغل زادہ مُسکرایا اور طوطے کو آزاد کر دیا۔

دوہرا انعام

ایک امیر اپنے مکان میں تیر سے میخ پر نشانہ لگا رہا تھا۔ مگر اس کا نشانہ صحیح نہیں بیٹھتا تھا۔ وہاں اور بھی کچھ تیر انداز موجود تھے، وہ بھی بڑی دیر سے تیر زنی کر رہے تھے، پر ان میں سے کسی کا بھی نشانہ درست نہ لگ رہا تھا۔ اسی درمیان کہیں سے ایک فقیر مانگتا تا لنگتا وہاں آ موجود ہوا، اور امیر کے سامنے دستِ سوال دراز کیا۔ امیر نے بجائے بھیک دینے کے اُس کے ہاتھ میں تیر کمان تھما دیا اور کہا۔

"اے فقیرِ روشن ضمیر! اگر تو اس میخ پر تیر سے درست نشانہ لگائے گا تو تیرا سوال برآئے گا"۔

اب دیکھیے خدا کی قدرت! فقیر نے جو تیر چلایا تو سیدھا میخ پر جا کر لگا۔ پھر کیا تھا سبھوں نے خوب تعریف کی اور امیر نے بہت خوش ہو کر سو روپے فقیر کو دیے۔ فقیر نے وہ سو روپے تو اپنی جھولی میں ڈال لیے پر وہاں سے ٹلا نہیں، بلکہ اُلٹا کہنے لگا۔

"بابا! اس فقیر کا سوال پورا نہ ہوا"۔

امیر نے جو فقیر کی یہ ڈھٹائی سے بھری بات سنی تو غصّے میں بولا۔

"ارے اللہ والے! تجھ کو خود میں نے ابھی سو روپے دیے ہیں! وہ تیری

نگاہ میں نہ آئے۔ اس کے کیا معنی!''

فقیر تھا بڑا خوش گفتار۔ فوراً بولا۔

''لے امیر! اگر تجھے ناگوار نہ گزرے تو میری یہ عرض ہے کہ' وہ سو
روپے تو میں نے منہ پر تیرا مارنے کے لیے ہیں۔ سوال کا اُس میں کیا ذکر
ہے۔ میرا سوال تو اپنی جگہ باقی ہے۔ تو خواہ مخواہ فقیروں سے بگڑتا ہے''

فقیر کی یہ بات سُن کر امیر بہت خوش ہوا اور سو روپے اور اُسے
انعام میں دیے۔

تم بھی خوش، ہم بھی خوش

ایک شاعر تھا۔ وہ اتنا عمدہ اور بڑا شاعر تھا کہ اُس کی شاعری کو اگر فارسی کے مشہور شاعر جیسے صائب اور حافظ بھی سُن پاتے تو ٹھک کرنے لگتے۔ ایک مرتبہ کیا ہوا کہ وہ چند بہت عمدہ اور مزے دار اشعار ایک دولت مند شخص کی تعریف میں کہہ کر اُس کے پاس لے کر گیا تاکہ وہ دولت مند شخص ان اشعار میں اپنی تعریف سُن کر خوش ہوا اور خوش ہو کر شاعر کو ڈھیر سارے روپے انعام دے کر مالا مال کر دے۔ دولت مند نے جب یہ اشعار سُنے تو وہ خوش ہو کر بولا۔

"واقعی تو ایسا شاعر ہے کہ تیرا کلام سُن کر بڑے بڑے شاعر بھی رشک کی آگ میں جل مریں۔ اس میں ٹھک نہیں کہ تونے یہ بڑا دلکش اور بہت پُر لطف قصیدہ لکھا ہے۔ اور اس محنت سے لکھا ہے کہ کسی دوسرے شاعر کی کیا مجال اور کیا جرأت ہے جو وہ ایسا قصیدہ لکھ کر تجھ سے بڑھ بڑھ جلے۔ جی تو چاہتا ہے کہ اس کے صلے میں تیری جھولی روپوں پیسوں سے بھر دوں، پر کیا کروں، رونے کا مقام ہے کہ جی کی حسرت جی ہی میں رہی جاتی ہے۔ ہائے! اگر آج یہ بدنصیب اور جگر سوز دولت مند اور شان و شوکت والا ہوتا تو بہ حق امام حسن و حسین رُو تجھ

پریشاں حال اور دلِ شکستہ کو زمانے کی رسم و رواج کے مُطابق دُنیا بھر کی دولت سے مالا مال کر دیتا، کیونکہ آج کون سا شاعر ہے جو تیری برابری کر سکے۔ تیرے آگے ہر ایک کا قافیہ تنگ ہے۔ کوئی تیرا ہم پلّہ نہیں ہو سکتا۔

غرض کہ وہ عقل مند، دولت مند، بہت دیر تک شاعر کی تعریف کرتا رہا اور اُسے بانس پر چڑھاتا رہا، پھر نہایت خوشامد اور انکسار کے ساتھ بولا۔

"اے اُستادِ زمانہ! اس وقت میرے پاس نقد روپے نہیں ہیں، جو اس لاجواب قصیدے کے انعام میں دوں! مگر میرے مکان میں اناج بہت ہے۔ تو ایسا کر کہ صُبح کے وقت بار برداری کا انتظام کر کے بلاتکلّف میرے پاس آ جانا، اپنی حیثیت کے مُطابق میں تیری خدمت بجا لاؤں گا"

بے چارہ شاعر دولت مند کی یہ دل خوش کُن بات سُن کر، اناج کے لالچ میں، نہایت خوش خوش گھر آ کر سو گیا۔ جب صُبح ہوئی تو بار برداری کا بند و بست کر کے اُس دولت مند کے مکان پر گیا اور اناج کا طالب ہوا۔

وہ دولت مند شاعر کا یہ مُطالبہ سُن کر خوب ہنسا اور بولا۔

"اے بے عقل! تو نے مزے دار اور دلچسپ شعروں سے جس طرح مجھ کو خوش کیا اُسی طرح میں نے بھی اپنی لطیفے دار باتوں سے تجھ کو خوش کر دیا۔ تیرا میرا حساب برابر۔ بہ قول شنیدے

نہ اودھو کا لین، نہ مادھو کا دین
جاؤ تم اپنے گھر خوش اور ہم اپنے گھر خوش

———————

اندھے کا چراغ

ایک اندھا تھا۔ اُس نے ایک عجیب حرکت کی۔ اُس نے اپنے کندھے پر پانی کا ایک گھڑا رکھا اور ہاتھ میں ایک چراغ لیا اور گھور اندھیری رات میں نکل کھڑا ہوا۔ یہ عجیب و غریب ماجرا دیکھ کر ایک شخص نے اُس سے کہا۔

"اے کمزور و ناتواں اندھے! اِس وقت تجھے یہ سوجھی کہ اتنی اندھیری رات میں تو ہاتھ میں چراغ لے کر نکلا ہے۔ تو، تو بڑا بے وقوف ہے۔ تیرے لیے تو رات اور دن، خزاں اور بہار دونوں برابر ہیں۔ بھلا چراغ کی اِس روشنی سے تیرا کیا فائدہ ہوگا"

اندھے نے جو یہ باتیں سنیں تو ترش رخ کر بولا۔

"اے بے وقوف تو تو ہے! میں تو ظاہر کا اندھا ہوں، اور یہ چراغ میرے لیے نہیں ہے۔ یہ چراغ تو تجھ باطن کے اندھے کے واسطے ہے کہیں اِس اندھیری رات میں تو میرا پانی سے بھرا گھڑا نہ توڑ دے۔ یعنی چراغ کی روشنی سے تجھ پر روشن ہو کہ اندھا پانی کا گھڑا لیے آتا ہے، تو آپ ہی بچ کر چلے گا یہ شعر نہیں تو اندھیرے میں کیوں کر بھلا
اے اندھے یہ اندھا تجھے سوجھتا"

یہ اِنّو کسی دلیل سُن کر وہ بے چارہ چراغِ خاموش کی مانند خاموش ہو گیا اور کچھ جواب نہ دیا۔
____

اندھا دوست

کہتے ہیں کہ ایک نہایت مفلوک الحال اور غُربت کا مارا شخص قسمت کی خوبی سے اتفاقاً بے حد مال دار اور صاحبِ عزّت ہوگیا۔ لیکن ہوا یہ کہ دولت مندی اور عزّت اُسے پچی نہیں، چنانچہ اس کا چال چلن بگڑ گیا۔ وہ رات دن عیش و طرب میں پڑا رہتا تھا۔ جب وہ مفلوک الحال قصّہ کبھی اُس کا، اُس ہی جیسا ایک نہایت گہرا و فادار دوست بھی تھا۔ اُس دوست کو جو یہ خبر ملی کہ اُس کا دوست اب امیر ہوگیا ہے اور بہت شان سے رہتا ہے، تو وہ بہت خوش ہوا اور اپنے مال دار دوست کو مُبارک باد دینے کے لیے اُس کے گھر آیا۔ مال دار دوست کو اپنے اُس غریب دوست کو گھر پر دیکھ کر بڑا غصّہ آیا۔ سو وہ نہایت بے رُخی سے بولا۔

"اے عزیز تمیز! تو کون ہے؟ جو میرے پاس یوں بے کھٹکے چلا آیا ہے

میں نہیں واقف ہوں تیرے نام سے
کام کیا ہے تجھ کو میرے نام سے"

اس غریب بے چارے نے جو غیر متوقع طور پر یہ دل شکن بات اِس

باطن کے اندر سے دوست کی سُنی تو بھونچکا رہ گیا۔ خیر اپنے آپ کو سنبھال کر وہ بولا۔

"اے یارِ وفادار! تو مجھ کو پہچانتا ہے ۔ میں تیرا وہی قدیم یار غار اور تیرا غم خوار ہوں۔ لیکن! تو نے مجھے پہچاننے سے انکار کیا۔ میں نے سچّے لوگوں اور اپنے پکّے اور وفادار دوستوں سے سُنا تھا کہ میرا فلاں دوست اندھا ہو گیا ہے، سو میں یہ سُن کر تیری عیادت اور تعزیت کے واسطے آیا تھا"

———————

آدھا مُنھ کالا

ایک درویش تھا۔ اُس سے کوئی جُرم سرزد ہوگیا۔ ایک حبشی کوتوال تھا جو بالکل کالا بھجنگ تھا۔ حبشی کوتوال نے حکم دیا کہ اس مُجرم درویش کا مُنھ کالا کر کے شہر سے باہر نکال دو۔

درویش نے جو یہ بات سُنی تو فوراً بولا۔

"اے بدخصال، حبشی کوتوال! اس حقیر فقیر کا آدھا مُنھ سیاہ کر کے شہر بدر کر، نہیں تو سارے شہر کے لوگ سمجھیں گے کہ بادشاہِ عالم پناہ نے حبشی کوتوال کو شہر بدر کر دیا ہے۔" یہ لطیفہ سُن کر کوتوال بہت خوش ہوا اور درویش کا جُرم معاف کر دیا۔

دو گدھوں کا بوجھ

ایک مرتبہ کا ذکر ہے کہ ایک بادشاہ سیر و شکار کے لیے نکلا۔ اُس کا بیٹا اور نوکر بھی اُس کے ساتھ تھے۔ دیکھتے دیکھتے دو پہر کا وقت آن پہنچا اور بڑی سخت گرمی ہونے لگی۔ بادشاہ اور شہزادے نے گرمی کی شِدّت کی وجہ سے اپنے اپنے لبادے اُتار کر نوکر کے کندھے پر لاد دیے۔ بادشاہ نے مُسکراتے ہوئے نوکر سے کہا۔

"اِن دونوں لبادوں کا بوجھ تجھ پر ایک گدھے کے بوجھ کے برابر ہوگیا"

نوکر نے مسخرہ پن سے جھٹ جواب دیا۔

"قربان جاؤں حضور! ایک گدھے کا بوجھ کیا حضور! دو گدھوں کا بوجھ ہے"۔ جواب سُن کر بادشاہ بہت خوش ہوا اور دونوں لبادے نوکر کو بخش دیے۔

———————

ناخوشی کے دن خوشی

ایک بادشاہ کی وفادار فوج میدانِ جنگ میں دُشمن کی فوج سے بُری طرح ہار گئی۔ یہ منحوس اور وحشت اثر خبر جو ایک شخص نے سُنی تو دوڑا دوڑا آیا اور بادشاہ سے کہا۔

"خداوندِ نعمت! فتح و نصرت مُبارک ہو۔"

بادشاہ نے اپنی فوج کی جیت کی جو یہ خوش خبری سُنی تو بہت خوش ہوا۔ لیکن دو روز بعد شترِ سوار کی زبانی بادشاہ کو معلوم ہوا کہ اُس کی شہرۂ آفاق فوج دُشمن کی فوج سے جیتی نہیں بلکہ ہاری ہے۔ یہ خبر سُنتے ہی غضبناک ہو کر بادشاہ نے وزیر سے کہا۔

"اُس جھوٹے شخص کو بُلوا کر جوتے مارو اور پوچھو کہ اُس نے بادشاہ کے سامنے جھوٹ کیوں بولا"

وہ آدمی بُلوایا گیا۔ اُس نے آ کر کہا؛

"خداوندِ جہاں! یہ غُلام آج سزا کا مستحق نہیں ہے بلکہ انعام و اکرام کے لائق ہے۔ اِس لیے اِس کے، وہ دن آپ کے لیے رنجم و غم کا دن تھا تو میں نے خوشنودی کی خبر سُنا کر حضور کو خوش کیا تھا۔ آج کا دِن بھی

ناخوشی کا ہے، اس لیے اب حضرت پر لازم ہے کہ آج مجھ محتاج کو انعام و اکرام سے نواز کر خوش کریں تو بجا ہے۔"

بادشاہ نے یہ بات سُن کر اُس کا سارا قصور معاف کر دیا۔

”قسم کھالے‘‘

ایک غریب آدمی، قاضی کے پاس گیا اور یوں مُخاطب ہوا۔

”اے قاضی! میں بڑا غریب ہوں، اور بُھوکا! خدا کے واسطے مجھے اِتنا کھانا دے کر میرا پیٹ بھرے۔ تجھ کو اس کا بے حساب ثواب مِلے گا۔ مثل مشہور ہے۔ ”جو دے گا، سو پائے گا‘‘

یہ باتیں سُن کر قاضی نے جواب دیا۔

”اے عزیز صاحبِ تمیز! کیا تو نے یہ مثل نہیں سُنی کہ ”قاضی کے گھر کے پوہے بھی سیانے‘‘ سو جو قاضی کے گھر آتا ہے، اُسے کھانے کے لیے قسم ملتی ہے۔ اب اگر تیرا جی چاہے تو جھوٹ سچ جس میں تیرا پیٹ بھرے، ویسی قسم کھالے‘‘

_______________ _ _

"بان" والے

ایک بادشاہ نے ایک امیر سے کہا۔

"اے امیر دل پذیر! جن لوگوں کے نام کے ساتھ لفظ "بان" ہوتا ہے وہ مکّار اور فطرتی ہوتے ہیں ۔ جیسے، فیل بان، باغ بان، ساربان، گاڑی بان، دربان، شعر

مرے اس سخن کو نہ تو جھوٹ جان

کہ ہے اِن سبھوں کی عجب آن بان

امیر نے جواب دیا۔

"بجا آپ کہتے ہیں اے مہربان،

کہ یہ 'بان' والے ہیں سب بد زبان

انھیں 'بان' داروں کو اس آن میں

مقیّد کا ہو حکم شعبان میں

غرض سُن کے یہ گفتگوئے امیر

ہوا بادشاہ دل میں اپنے حقیر

____